Thomas Kling · Catull

Das Haar der Berenice

Gedichte · Carmina

Bildfolge Ute Langanky

Nachwort Hans Jürgen Balmes

edition tertium

Catullus · 14a

Si qui forte mearum ineptiarum
lectores eritis manusque vestras
non horrebitis admovere nobis
. . . .

Catull · 14a

solltet ihr mit meinen geschmack-
losigkeiten euch mal beschäftigen,
müssen die haare euch nicht zu berge
stehn, wenn ihr sie zur hand nehmt (...)

Catullus · 66

Omnia qui magni dispexit lumina mundi,
qui stellarum ortus comperit atque obitus,
flammeus ut rapidi solis nitor obscuretur,
ut cedant certis sidera temporibus,
ut Triviam furtim sub Latmia saxa relegans
dulcis amor guro devocet aerio,
idem me ille Conon caelesti numine vidit
e Bereniceo vertice caesariem
fulgentem clare, quam multis illa dearum
levia protendens bracchia pollicita est,
qua rex tempestate novo auctus hymenaeo
vastatum finis iverat Assyrios,
dulcia nocturnae portans vestigia rixae,
quam de virgineis gesserat exuviis.
estne novis nuptis odio Venus, anne parentum
frustrantur falsis gaudia lacrimulis,
ubertim thalami quas intra limina fundunt?
non, ita me divi, vera gemunt, iuerint!

Catull · 66
Das Haar der Berenice

der sternbild-panoramen festbeleuchtung – alles
aufgeschlüsselt, besser: abgeweidet, alles;
über jeden gestirns aufgang untergang im bilde.
rapide, wie sich eindunkelt der sonne flammen-
eleganz!, termingerecht, wie jeder hauptstern
untergeht.
                    unversehens! die MONDGÖTTIN
wie sie abtaucht hinterm LATMOS-kogel: durch
die luft, aus zärtlichem verlangen...
grad, an sagenhaftem himmel, hat KONON
mich entdeckt: gelocktes haar, von BERENICES
scheitel, blendend-hell.
                                        gereckten arms hat
sie mich vielen göttinnen versprochen,
ehedem, als – defloration vollzogen – der könig
eindrang ins gebiet der SYRER, ums platt-
zumachen, während der noch spuren trug
vom leidenschaftlich-hitzigen gerangel, nachts,
um ihre jungfräulichkeit.
                                        wird etwa VENUS
von bräuten gehaßt?, ist das denn tränenkunst,
das elternglück zu linken? (fließt drinnen wohl
genug; gewimmertes ehebett). nein! gottnochmal,
sie stöhnen doch vor lust und nicht vor schmerzen!

id mea me multis docuit regina querelis
invisente novo proelia torva viro.
an tu non orbum luxti deserta cubile,
sed fratris cari flebile discidium?
quam penitus maestas exedit cura medullas!
ut tibi tunc toto pectore sollicitae
sensibus ereptis mens excidit! at te ego certe
cognoram a parva virgine magnanimam.
anne bonum oblita es facinus, quo regium adepta es
coniugium, quod non fortior ausit alis?
sed tum maesta virum mittens quae verba locuta es!
Iuppiter, ut tristi lumina saepe manu!
quis te mutavit tantus deus? an quod amantes
non longe a caro corpore abesse volunt?
atque ibi me cunctis pro dulci coniuge divis
non sine taurino sanguine pollicita es,
sei reditum tetulisset: is haud in tempore longo
captam Asiam Aegypti finibus addiderat.
quis ego pro factis caelesti reddita coetu
pristina vota novo munere dissoluo.
invita, o regina, tuo de vertice cessi,
invita: adiuro teque tuumque caput,
digna ferat quod si quis inaniter adiurarit:
sed qui se ferro postulet esse parem?
ille quoque eversus mons est, quem maximum in oris
progenies Thiae clara supervehitur,
cum Medi peperere novum mare, cumque iuventus
per medium classi barbara navit Athon.

das hat der königin dauerjammern mir gezeigt, als
in stiertobende schlacht er ging, ihr heldenmann.
bejammerst du etwa nicht dein leeres bett? war
zu beweinen trennung bloß vom bruderherz? im
tiefinnersten frißt depression dich auf! in höchster
aufregung warst du, ohne bewußtsein, dein ver-
stand gekappt. obwohl, ich weiß doch, du von
klein auf mutig warst.

unfreiwillig bin ich, oh
königin, von deinem scheitel verschwunden;
unfreiwillig: ich schwörs bei dir, bei deinem
kopf. und wer falsch schwört bei ihm, der
soll nicht ungeschoren bleiben – wer könnt
sich schon der schere widersetzen! wurd
doch selbst jener berg ruiniert (der gewaltigste
von allen), über den der sohn THEIAS' weg-
fährt, als die MEDER neues meer entdeckten,
als wilde kids per geschwader den berg ATHOS
durchsegelten, mittendurch!

quid facient crines, cum ferro talia cedant?
Iuppiter, ut Chalybum omne genus pereat,
et qui principio sub terra quaerere venas
institit ac ferri fingere duritiem!
abiunctae paulo ante comae mea fata sorores
lugebant, cum se Memnonis Aethiopis
unigena impellens nutantibus aera pennis
obtulit Arsinoes Locridos ales equus,
isque per aetherias me tollens avolat umbras
et Veneris casto collocat in gremio.
ipsa suum Zephyritis eo famulum legarat,
Graiia Canopitis incola litoribus.
hic lumen vario ne solum in numine caeli
ex Ariadneis aurea temporibus
fixa corona foret, sed nos quoque fulgeremus,
devotae flavi verticis exuviae,
uvidulam a fluctu cedentem ad templa deum me
sidus in antiquis diva novum posuit:
Virginis e saevi contingens namque Leonis
lumina, Callisto iuncta Lycaoniae,
vertor in occasum, tardum dux ante Booten,

was hat da
haar zu bestellen, wenn derartiges dem eisen
nachgibt?
JUPPITER! daß doch die CHALYBIER
verreckten!, wer immer anfing, unterirdisch nach
adern zu suchen; gleich mit, wer einführte, stahl-
hartes in form zu bringen!
grad noch betrauerten
die schwestern mein schicksal, vom haarschopf
die trennung, da, mit schwungfeder-antrieb: das
flügelpferd, der echte bruder MEMNON des
ÄTHIOPIERS; das pferd der ARSINOE aus
LOKRIS nähert sich. das fliegt durch den nacht-
himmel mit mir los, bringt mich zur VENUS in
ihren schoß. ZEPHYRITIS (= VENUS) hat hier
ihren diener geschickt; als GRIECHIN lebt sie
am strand von KANOPOS.
ab jetzt: nicht allein
der ARIADNEKRANZ erstrahlt (er bändigte
vordem ihr haar), der an den götterhimmel ward
verwandelt – auch ich soll blitzen: vom blonden
scheitel götterbeute.
von wellen naß
hat an den heiligen himmel mich die göttin hin-
versetzt: ein neues sternbild unter alten.
bei der JUNGFRAU, beim wütenden LÖWEN,
mit KALLISTO, LYKAONS tochter, vertraut, ver-
sink ich im westen, des saumseligen BOOTES

qui vix sero alto mergitur Oceano.
sed quamquam me nocte premunt vestigia divum,
lux autem canae Tethyi restituit –,
pace tua fari hic liceat, Rhamnusia virgo,
namque ego non ullo vera timore tegam,
nec si me infestis discerpent sidra dictis,
condita quin veri pectoris evoluam –
non his tam laetor rebus quam me afore semper,
afore me a dominae vertice discrucior,
quicum ego, dum virgo quondam fuit, omnibus expers
unguentis nuptae, vilia multa bibi.
nunc vos optato quom iunxit lumine taeda,
non prius unanimis corpora coniugibus
tradite nudantes reiecta veste papillas,
quam iocunda mihi munera libet onyx,
vester onyx, casto colitis quae iura cubili.
sed quae se impuro dedit adulterio,
illius, a, mala dona levis bibat irrita pulvis:
namque ego ab indignis praemia nulla peto.
sed magis, o nuptae, semper concordia vostras,
semper amor sedes incolat assiduus.

führerin, der sich zeit läßt, im OZEAN unter-
zugehn. und obwohl nachts mich niederhalten
die sohlen der götter: versetzt mich das früh-
licht wieder ins meer.
                                        mit deiner erlaubnis,
jungfrau von RHAMNUS: die wahrheit muß
raus, angst kenn ich keine; solln mich mit
ihrem gerede die sterne doch fertigmachen! das
liegt mir auf der brust, und das muß jetzt raus.
freude hab ich hier wenig; härter quälts trennungs-
leid: für immer entfernt vom scheitel der herrin
zu sein.
              einfaches zeug schluckt ich viel, als sien
mädchen war; jetzt, wo sie verheiratet ist – null
salböl für mich!
                                  leuchtet euch dann, zur heirat,
die hochzeitsfackel – schlaft nicht eher mit
dem gatten, zieht euch nicht aus, zeigt die
brustwarzen nicht, bevor nicht die onyx-phiole
mich beschenkt, onyx von euch, die keusch
ihr aufs eherecht schaut!
                                              wer aber schmutzig
die ehe brach: oh, scheißgeschenk, der staub
soll es saufen! von unwürdigen brauch ich
kein lohn! bei euch zuhaus aber, frauen,
soll harmonie, soll liebe sein. immer.

tu vero, regina, tuens cum sidera divam
placabis festis luminibus Venerem,
unguinis expertem non siris esse tuam me,
sed potius largis affice muneribus.
sidera cur retinent? utinam coma regia fiam!
proximus Hydrochoi fulgeret Oarion.

schaust du,
königin, auf zu göttlichen gestirnen: wenn du
mit festbeleuchtung die himmlische VENUS
feierst – laß mich, ich gehör doch zu dir!, nicht
ohne salböl sein. erweis mir nur freigebig den
liebesdienst. die sterne, warum lassen sie
mich nicht weg? möcht doch der königin
locke werden! gern erglänz dann ORION
beim WASSERMANN!

Catullus · 5

Vivamus, mea Lesbia, atque amemus
rumoresque senum severiorum
omnes unius aestimemus assis!
soles occidere et redire possunt:
nobis, cum semel occidit brevis lux,
nox est perpetua una dormienda.
da mi basia mille, deinde centum,
dein mille altera, dein secunda centum,
deinde usque altera mille, deinde centum.
dein, cum milia multa fecerimus,
conturbabimus illa, ne sciamus
aut ne quis malus invidere possit,
cum tantum sciat esse basiorum.

Catull • 5

leben wollen wir, meine LESBIA; und uns
lieben; um das getuschel greiser spießer
geben wir doch keinen pfifferling!
sonnen gehn unter, können wieder erstehn;
unser lichtchen, wenns ausgeht, ein für
allemal: ewig nacht dann, und ein schlaf. gib
mir tausend zärtliche küsse, gib hundert
noch dazu; und nochmal tausend und noch
hundert. und wenn wirs dann tausende
male gemacht haben, stelln wir (daß niemand
sich mehr auskennt) riesige verwirrung an:
kein miesling schaffts, uns zu beneiden; er
weiß ja nicht, wieviele zungenküsse es warn.

中

Catullus · 8

Miser Catulle, desinas ineptire
et, quod vides perisse, perditum ducas.
fulsere quondam candidi tibi soles,
cum ventitabas, quo puella ducebat
amata nobis, quantum amabitur nulla.
ibi illa multa tum iocosa fiebant,
quae tu volebas nec puella nolebant.
fulsere vere candidi tibi soles.
nunc iam illa non vult: ti quoque, inpotens, noli,
nec quae fugit sectare, nec miser vive,
sed obstinata mente perfer, obdura.
vale, puella! iam Catullus obdurat,
nec te requiret nec rogabit invitam:
at tu dolebis, cum rogaberis nulla.
scelesta, vae te! quae tibi manet vita!
quis nunc te adibit? cui videberis bella?
quem nunc amabis? cuius esse diceris?
quem basiabis? cui labella mordebis?
at tu, Catulle, destinatus obdura.

Catull · 8

armer Catull, laß die geschmacklosigkeitn,
was futsch ist, ist futsch, kannst dich verlassen.
einmal – wie leuchteten dir da die tage,
als, oft genug, das mädchen dich hinter sich herzog,
von dir geliebt – keine wird so geliebt werden.
geilheitn erlaubtn wir da uns die menge,
die du wolltest, das mädchen nicht minder.
wirklich – wie leuchteten dir da die tage.
jetzt aber will sie nicht mehr: du auch dann
nicht mehr, du versager;
jag nicht hinterher, die dir abhaut, und leb
nicht in qual.
mit starkem verstand halt es aus, ertrag das.
wiedersehn, mädchen! und schon schafft es Catullus,
sie hälts nicht für nötig – er wird um ein treffen
nicht bitten.
leiden wirst du, wenn man dich nie wieder fragt.
sieh vor dich, du flittchen! denk, was für ein leben
dir bleibt.
wer wird dich noch anfassn? wer findet dich dann
noch schön?
wen wirst du jetzt lieben? wem wirst du gehören?
wen wirst du küssen? wem blutig die lippn beißn?
du aber, Catull, halt es aus, sei entschlossn.

Catullus · 51

Ille mi par esse deo videtur,
ille, si fas est, superare divos,
qui sedens adversus identidem te
        spectat et audit.

dulce ridentem, misero quod omnis
eripit sensus mihi: nam simul te,
Lesbia, aspexi, nihil est super mi
. . . .

lingua sed torpet, tenuis sub artus
flamma demanat, sonitu suopte
tintinant aures, gemina teguntur
        lumina nocte.

otium, Catulle, tibi molestum est:
otio exultas nimiumque gestis.
otium et reges prius et beatas
        perdidit urbes.

Catull · 51

der kommt mir vor, wie gott. achwo, die
götter (und wenns blasphemie ist) noch
übertrumpfend: wer immer und immer dir
gegenübersitzt, einfach so, dich anschaut,

dir zuhört, wie du so klasse lachst. und
das nimmt mir armem den verstand. sobald,
LESBIA, ich dich nur seh, bin ich zu garnichts
mehr fähig ....

die sprache versagt mir, verdünnisiert sich,
wird knapp, und feuer durchfährt mich. die
ohren k -, klingen mir: nix wie ge-
räusche. und nachtverhülltes augenlicht.

nichtstun, CATULL, ist mist für dich.
nichtstun läßt dich voll ausrasten.
nichtstun hat schon glückliche staats-
chefs und hauptstädte voll ruiniert.

Catullus · 56

O rem ridiculam, Cato, et iocosam
dignamque auribus et tuo cachinno.
ride, quicquid amas, Cato, Catullum:
res est ridicula et nimis iocosa!
deprendi modo pupulum puellae
trusantem: hunc ego, si placet Dionae,
protelo rigida mea cecidi.

Catull · 56

echt klasse, CATO!, deiner
ohren würdig, wird dir absolut
spaß machen. lach ab, CATO,
wenn du CATULL liebst! voll
lustig, wirklich supergut:
eben traf ich son stecher von
meinem mädchen, drängelnd –
dem hab ich dermaßen, bei DIONA,
meinen harten knüppel verpaßt.

Catullus · 59

Bononiensis Rufa Rufulum fellat,
uxor Meneni, saepe quam in sepulcretis
vidistis ipso rapere de rogo cenam,
cum devolutum ex igne prosequens panem
ab semiraso tunderetur ustore.

Catull · 59

RUFA aus BONONIA leckt RUFUS.
die frau des MENENIUS: oft ist sie
gesehn worden, auf friedhöfen, wie
sie speiseopfer klaute von scheiter-
haufen; wie sie dem brot hinterher
war, das ausm feuer rutschte, und
der leichenverbrenner, halbgeschorn,
sie vermöbelte.

Catullus · 84

»Chommoda« dicebat, si quando »commoda« vellet
        dicere, et »insidias« Arrius »hinsidias«,
et tum mirifice sperabat se esse locutum,
        cum, quantum poterat, dixerat »hinsidias«.
credo, sic mater, sic + liber avunculus eius,
        sic maternus avus dixerat atque avia.
hoc misso in Syriam requierant omnibus aures:
        audibant eadem haec leniter et leviter,
nec sibi postilla metuebant talia verba,
        cum subito affertur nuntius horribilis
Ionios fluctus, postquam illuc Arrius isset,
        iam non Ionios esse, sed »Hionios«.

Catull · 84

»hünstig«, sagte der ARRIUS, wenn er »günstig«
sagen wollte. und »hattentat«, statt »attentat«.
er hoffte, absolut tiptop zu sprechen, wenn er,
so doll er nur konnte, »hattentat« sagte. ich denk,
daß mutti, die ganze mischpoche mütterlicherseits,
samt omi und opi so foin schon gesprochen hat.
als der nach Syrien geschickt wurd – allgemeine
ohrenerholung. alles war sanft und locker zu
hören; keiner mehr fürchtete sprechüberfall.
plötzlich die horrormeldung: nachdem ARRIUS
übers ionische meer ist, heißt das nicht mehr
»ionisches«, das heißt jetzt »hionisches«.

. . . .
quae tum alacres passim lymphata mente furebant
euhoe bacchantes, euhoe capita inflectentes.
harum pars tecta quatiebant cuspide thyrsos,
pars e divolso iactabant membra iuvenco,
pars sese tortis serpentibus incingebant,
pars obscura cavis celebrabant orgia cistis,
orgia quae frustra cupiunt audire profani,
plangebant aliae proceris tympana palmis
aut tereti tenuis tinnitus aere ciebant,
multis raucisonos efflabant cornua bombos
barbaraque horribili stridebat tibia cantu.
    Talibus amplifice vestis decorata figuris
pulvinar complexa suo velabat amictu.

Catull · 64 (BACCHEN)

. . . .

alle zusammen!, ein durcheinander!, entzückt, ja voll-
kommen außer sich: WOW!, DIE BACCHEN, WOW!,
die köpfe herumwerfend:
                                        die einen ließen wild
den thyrsus kreisen mit weinlaubumgebener spitze; ein
anderer teil schmiß mit klumpen vom auseinander-
gefetzten jungstier. andere wieder nahmen als gürtel
sich windende schlangen. die nächsten umdrängten
die kästen mit ritualgerät für die geheime orgie. die
orgie, über die nichteingeweihte zu gern was erführen –
doch leider ...
                              die handtrommel, hochgereckt, bearbeiteten
welche oder sorgten für saugut-genauen metallsound.
viele bliesen das bacchushorn: tiefdumpfes brummen;
viele die fremde knochenflöte: schrillklingendes gezisch.
    das mit solch charakteren reichgeschmückte gewebe be-
deckte, als überwurf, göttliches lager.

quae postquam cupide spectando Thessala pubes
expleta est, sanctis coepit decedere divis.
hic, qualis flatu placidum mare matutino
horrificans Zephyrus proclivas incitat undas
Aurora exoriente vagi sub limina Solis,
quae tarde primum clementi flamine pulsae
procedunt, leviterque sonant plangore cachinni,
post vento crescente magis magis increbescunt
purpureaque procul nantes ab luce refulgent:
sic tum vestibuli linquentes regia tecta
ad se quisque vago passim pede discedebant.

als endlich
die thessalischen kids genügend gegafft hatten,
mußten den ort sie vor heiligen göttern verlassen. als ob
milde brise aus west die ruhende morgensee aufrauht;
leichtester seegang, da die MORGENRÖTE sich zeigt
an der schwelle der wandernden sonne. bei sanftem
wehen zunächst gemächliche wellen: hörbares plä-
tschern, unbedeutend. bei auffrischendem wind aber
legen sie los: schwankendes schimmern in rot-
glänzendem licht.
diese wirkung boten, die
den herreneingang verließen; zu fuß sich
nach da und dort zerstreuten ...

Pantheon - Auge

I Das Auge Gedicht

Catulls Gedichte sprechen von der Liebe, aber auf so zärtliche, offen obszöne wie ästhetisch reflektierte Weise, daß man es nötig fand, sein Werk auf zwei Catulli aufzuteilen: den traditions- und formbewußten der großen Elegien, der Epigramme und Sinngedichte und den groben Krakeeler der kleinen Gedichte, hinter dessen erotischer Direktheit man Erlebtes vermutete. Die »feine Schalkheit« (August Wilhelm Schlegel) mochte man ihm nachsehen, war sie doch auf Latein überliefert, doch galt er als bloßer Vorläufer der großen Poeten Horaz – Vergil – Ovid. Selbst Horaz hatte unter dem Erotik-Verdacht zu leiden: in Suetons Chronik findet sich der Hinweis, Horaz habe eine Spiegelkammer besessen, in der der Dichter sein Liebesspiel optisch vervielfacht genossen habe. Lessings Schrift, die diese Geschichte als Gerücht zu entlarven versuchte, trägt den programmatischen Titel »Rettungen des Horaz«.

Catull wurde später gerettet; erst als man lernte, nicht alles in den alten Sprachen Tradierte auch in der Perspektive des klassischen Altertums zu lesen, wurde der Blick frei auf die eigentliche Leistung Catulls – eben die, ein einziger zu sein, der selbstbewußt ein Stimmenrepertoire entwickelte und poetologisch in seiner Arbeit reflektierte, die über die literarische Konvention seiner Zeit hinausging. Und das nicht, weil er etwa die literarische Tradition durch unmittelbaren Bezug auf Erlebtes gesprengt und einen O-Ton eingeführt hätte – dessen Spuren muß man in den Adjektiven suchen –, sondern indem er ein poetologisches Programm entwickelte, das Emotion und intellektuelle Kontrolle, Form und dramatisch Erzähltes in eins setzt.

»hoc, iocunde, tibi poema feci«

Das Gedicht ist das Auge, mit dem der Dichter sieht: Wahrnehmen und Ausdrücken sind keine zeitlich in vorher / nachher zu dividierende Prozesse, indem das auf der Retina Empfangene später zur Formulierung findet, sondern beides ist unmittelbar miteinander kurzgeschlossen: formuliert, ändert sich das Wahrgenommene, die gewonnene Formulierung gibt dem Blick eine andere Perspektive – ein neues Bild. Das ist die Entdeckung Catulls, und von hier wird seine in Gedichten überlieferte erregte Reaktion gegen zeitgenössische Kritiker verständlich: das Gedicht und er sind nicht eines; im Vers nichts als seine Biographie zu lesen, ist eine Unterstellung. Nichts gehört enger zu ihm als sein Gedicht: es ist er und zugleich nicht er – das Gedicht sein Auge.

Um sein Auge zu sehen, braucht ein Körper einen Spiegel, ein Gedicht eine Poetologie. In einem seiner Gedichte schreibt Catull (und seine Gedichte sind vor allem immer geschriebene Texte), wie er mit Licinius den ganzen Tag trinkend und dichtend verbracht habe; nun ist sein Freund gegangen, Catull fühlt sich semimortua, halbtot vor Müdigkeit, und er schreibt im Bett: hoc, iocunde, tibi poema feci, ein Gedicht, das wir gerade lesen und Lucinius für den nächsten Tag zum Weiterschreiben einlädt. Der Geliebte – nun wird er mit ocelle, Äuglein, angesprochen – soll den Schmerz des Verlassenen spüren: ex quo perspiceres meum dolorem – dichten ist lieben: die Erinnerung an den Liebhaber wird zum Auslöser der literarischen Produktion, die wiederum lädt zur Fortsetzung ein. Den greisen Spießern aus Carmen 5, denen die beim Wein entworfenen Invektiven galten, wird eine so unverblümte wie kunstvoll in sich gespiegelte Dichtung entgegengesetzt, die den Glückstraum des Dichters sinnlich erlebbar macht. Und mit dem Gedicht steht der auf dem Papier.

Carmen 51 ist ein weiteres poetologisches Liebesgedicht: die ersten drei Strophen bestehen aus einer Sappho-Übertragung, und selbst die Geliebte wird als Lesbia angesprochen. Denn wie anders wäre von einer Liebe zu sprechen, die stumm und blind macht, als über ein Zitat? Die vierte Strophe, die kein Vorbild bei Sappho hat, ist ein Selbstbildnis des Dichters, der die Stummheit der Liebe als zerstörerisches Element erfährt, deren Macht Lesbia brechen soll, indem sie ihn erhört. Solch eine rhetorische Wendung des Gedichts wäre Sappho fremd, die dramatische Färbung, die aus der Verknüpfung der Liebeswerbung mit dem Wohl ganzer Städte entsteht, ist so römisch wie die Vorstellung, daß keinen Krieg zu führen und eben nichts zu tun, den Staat ruiniert. Cato hatte so gedacht, doch Catullus ist nur eine Verkleinerungsform vom Namen des Kriegstreibers, und so verabschiedet sich der Dichter mit Selbstironie aus seinem Text.

Das Wichtige zu verbergen, indem man wie nebenbei von ihm handelt, das war das Ideal der Urbani; von seinen »kleinen« Gedichten als Geschmacklosigkeiten zu sprechen: die Übereifrigen stellen sich selber bloß, wenn sie im Gerangel um die feinen Unterschiede die Konsonanten griechisch aussprechen und so aus dem Ionischen Meer ein »hionisches« machen, ein frostiges. Catulls Poetik orientiert sich an dem urbanen Ton der obersten Cliquen der Hauptstadt des Reiches, die sich zum ersten Mal so etwas wie Nichtstun leisten konnten – perlenbehängte Jünglinge, die Wahlprozesse im Senat torpedierten, eine »lost generation«, wie Cicero mahnte, zu der er auch Catull zählte (»tam perdita iuventus«, Att. 7.7.6).

Um die Poetik einer ganzen Gruppe zu verfassen, war Catull aber zu sehr Einzelgänger, und dem, der sein ästhetisches Programm unterschätzte und glaubte, er sei wie seine Verse, bietet er an, ihn von oben nach unten zu traktieren, und das nicht zimperlich: pedicabo ego vos et irrumabo – ich werde euch wie Knaben schänden und in euch einbrechen. Das Krasse dieser Replik unterstreicht den existentiellen Ernst seines Programms: und ohne diesen Ernst wird keiner zum Dichter.

Wie Carmen 51 geht auch »Das Haar der Berenice« von einem griechischen Vorbild aus. Die mythologische Geschichte von der Locke, die die Königin Berenice den Göttern für die glückliche Heimkehr des Gatten aus dem Krieg verspricht und die die Götter unter den Sternen verewigen, fand Catull in einer heute verlorenen Elegie des Alexandriners Kallimachos, die er für sein Gedicht übersetzte – und sie so für uns rettete, denn erst 1929 wurde auf einem Papyrus ein Fragment des Originals, gerade 21 Verse, wiederentdeckt. Obwohl so kein vollständiger Vergleich möglich ist, kann man beobachten, daß Catull die Klage der vom Haupt getrennten Haarsträhne elegisch nachzeichnet und durch die Betonung der Salbölspenden die Elegie zu einem Epithalamion macht, einem Hochzeitsgedicht, wie auch Carmen 64, in dem sich die Beschreibung des auf einem Bildteppich dargestellten Zugs der Bacchantinnen in unserem Band findet: ein frühes Bildgedicht, das auf die von Homer geprägte epische Tradition zurückgeht, für die das Schild des Achill im 18. Gesang der »Ilias« Vorbild ist.

Catulls Poetik, die selbstbewußte Unmittelbarkeit und die selbstkritische Orientierung an den Sternbildern der Literatur – modern? »KatUllus izza poek«, und zusammen mit Sappho und Villon machte Ezra Pound ihn zum Sternbild am Literaturfirmament der Imaginisten. »Der kantigste und heftigste der römischen Dichter sollte nicht mit Hochzeitstortenengelchen und Klischees wie *dregs of pain* übersetzt werden etc. etc. ad inf. *Pink blue baby ribbon*«, kommentierte Pound eine zeitgenössische Übersetzung. Catulls Verfahren der aneignenden Übersetzung wendete Pound auf den antiken Autor selbst an und nahm seine Version von Carmen 43 in »Personae. Collected Shorter Poems« auf.

Bei »Pink blue« landet jeder Übersetzer, wenn er sich bei Catull auf das Wörterbuch verläßt. Die Schlüsselwörter der Urbani – elegans, lepidus, salsus und venustus – werden zu geistvoll-wählerisch, niedlich, witzig und anmutig; der Drive ist hin, und alles kippt in oberstudienrätliche Anakreontik. Um Catull weiterreichen zu können, muß man ihn wiederfinden, muß der Übersetzer die fremde Sprache in ihrem Abstand gehört haben, um ihren Worten seine Stimme geben zu können. Erst dann verlieren die alten Gedichte ihre antiquarische Distanz und werden nicht unter dem Staub der metrischen Anstrengungen weichgezeichnet. Mit Enjambement und »Bildschaltungen« hat Thomas Kling Catulls Gedichte geöffnet und dessen Stimmen neu erfunden, die schnoddrig-remplerisch selbstbewußte, die raffiniert-unschuldig hellklingende und die weit ausgreifende des Sternbilds – »per aspera ad astra« –, um Texte zu finden, die als jüngste Glieder einer Kette literarischer Aneignungen zu Gedichten wurden, die aus dem Schatten des Tradierten treten.

II Pantheon

Historische Orte, besonders jene, die als heilig galten, fordern den Besucher stets dazu auf, hinter der Patina aus Dekor und Retuschen einen Schein dessen zu suchen, was einst mit diesen Orten verbunden war. Doch wie Gedichte einer fremden Sprache vielleicht ihre Anekdote preisgeben, ihre Verse aber oft stumm bleiben, so ist ein Hinstarren auf die Relikte oft blind, wenn es nicht gelingt, den Blick zu wenden und von den Dingen aus zu schauen: so wie uns Ute Langankys Photoarbeit, die zum Zentrum dieses Buchs geworden ist, das Pantheon zeigt – nicht als Enzyklopädie des spätantiken Paganismus, sondern als die astronomische Uhr, die die Kuppel immer schon war, damit die Sonne gleichgültig und gerecht über die Statuen aller Götter streicht. In diesem Licht kann man sich die Hochzeitsgedichte Catulls von Chören gesungen vorstellen – ein antikes Oratorium, um das die Gestirne kreisen: das »Haar der Berenice«, »Mars und Venus – Dopplereffekt« – jene astronomische Technik, die die Farbunterschiede im Prisma sich dem Betrachter nähernder und entfernender Sterne mißt, um deren Geschwindigkeit zu bestimmen.

Beides kann als Metapher für Ute Langankys Arbeiten stehen: die präzise Nuancierung der Farbwirkung sich nähernder, sich entfernender Flächen, an deren Kanten sich Innen und Außen so zu brechen scheinen wie in der Pupille, die mit dem Fokus gleichzeitig den Bildausschnitt festlegt.

Beobachtet man die Entwicklung der Bildmotive (oder Sujets) Ute Langankys von den Aquarellen zu den großen Gemälden, fällt auf, daß die Ränder sich verschieben, daß sie beweglich bleiben, als ließe sich die Dynamik der Farbe nicht auf ein Feld begrenzen.

Doch sind ihre abstrakten Leinwände keine Farbflächenmobiles oder Kippbilder von außen nach innen. Es sind Farbräume, die je nach Entfernung des Betrachters und seines Sehwinkels neue Ein- und Ausblicke freigeben – wie das Atelier auf dem Rimpf-Hof in Italien, in dem Ute Langanky in den Sommermonaten 1993 und 1994 arbeitete: eine alte Scheune aus grob gefügten Brettern, die tagsüber ihre Schlagschatten über die Bohlen des Fußbodens warfen und durch deren Ritzen und Spalten das Licht stürmte. Nachts standen die Planken wettergrau im Lampenlicht und stützten die Bilder, deren pastose bis hauchdünn lasierte Farbschichten wirkten, als hätte die Malerin mit einer riesigen Lochkamera den Schattenriß des Lichts selbst auf Leinwände gebannt. Auf ihnen drehen sich große Räder und schieben sich in die Dreiecke der Kogel und Firne, die draußen im Mondlicht glänzten. Jedes der dort entstandenen Bilder hat ein eigenes emotionales spezifisches Gewicht, das durch eine Verschiebung der Farbflächen, eine Tönung des Zwickels zwischen Rund und Dreieck, Rad und Berg – so lasen wir es damals – entsteht. Malen ist ein Erkunden von Perspektiven, die der großen Landschaft da draußen zu dem malenden Auge, das seine Wirklichkeit auf der Leinwand konstruiert: Gemaltes und Gesehenes ineinander schiebt wie

Formuliertes und Wahrgenommenes im Gedicht. (Nachzusehen in dem Band »wände machn«.)

Oder das beim Betreten schattig wirkende Atelier in Köln, neben dem dann draußen der Innenhof liegt, ein enges Geviert aus hohen Mauern, zwischen die das Licht auf die am Boden liegende Leinwand stürzte, bis Ute Langanky seine Rayographie in ornamental angelegten Farbfeldern nachzeichnete und in flirrende Bewegung setzte: »De natura rerum II«, unter diesem Titel fanden wir das Bild später im Katalog wieder – als Referenz an einen antiken Physiker und als Kapitel einer fortlaufenden Erzählung, die sich ohne Anekdote von einem emotionalen Standbild zum nächsten bewegt.

Oder an der Nordsee, wo 1991/92 gleichzeitig mit Thomas Klings Catull-Arbeiten die Aquarellserie »unregelmäßige Weltkörper« entstand, auf die die großformatigen Leinwandbilder »Winkelmessung«, »Venus und Mars – Dopplereffekt«, »Zwielicht«, »per aspera ad astra« folgten. Die astronomischen Bilder aus den Gedichten Catulls werden in diesen Arbeiten zu Ausgangspunkten von Himmelsperspektiven: die »MORGENRÖTE sich zeigt an der Schwelle der wandernden Sonne« – ein zartes Bild schließt sich bei Catull an den Zug der Mänaden an, Rosa auf Schwarz setzt Ute Langanky und gibt dem leichten »Rosenfingrig« Homers einen dunklen Grund: »Venus und Mars – Dopplereffekt«.

Serie bedeutet bei Ute Langanky nicht formale Variation als Bildprinzip, sondern Ausbreitung eines emotiven Panoramas – bei »unregelmäßige Weltkörper« und »wände machn« als Reihe aufeinander bezogener Aquarelle. Mit dem Leporello »Optikus« verschränkte Ute Langanky 1995 zum ersten Mal »Malerei und Photographie« – so der Untertitel – zu einer Suite und fand damit die Form auch unseres Buches: die »Winkelmessungen« am emotionalen Körper der Catull-Gedichte laufen symmetrisch auf das »Pantheon« zu – das große Auge, um das die Sternbilder kreisen, um in der Öffnung kurz aufzuscheinen: als Bild, als Gedicht, als Speichen einer großen Erzählung aus Zeichen und Worten, die nie stillsteht.

HANS JÜRGEN BALMES

Die Catull-Arbeiten Thomas Klings entstanden 1991/92.

Bilder von Ute Langanky

S.4: *Winkelmessung*, 1991, 170 x 190 cm, Mischtechnik auf Leinwand, Privatbesitz

S.8: Aus der Serie *Unregelmäßige Weltkörper*, 1991, 13 x 18 cm, Aquarell auf Bütten, Privatbesitz

S.20: *Per aspera ad astra*, 1992, 190 x 220 cm, Mischtechnik auf Leinwand, Privatbesitz

S.24/25: *Pantheon*, 1996/97, Originalphoto 32 x 202 cm, Auflage III

S.29: *Venus und Mars – Dopplereffekt*, 1991, 170 x 190 cm, Mischtechnik auf Leinwand, Privatbesitz

S.33: Aus der Serie *Unregelmäßige Weltkörper*, 1991, 13 x 18 cm, Aquarell auf Bütten, Privatbesitz

S.37: *Zwielicht*, 1991, 170 x 190 cm, Mischtechnik auf Leinwand, Privatbesitz

Die Deutsche Bibliothek – CIP-Einheitsaufnahme
Das **Haar der Berenice** / Thomas Kling ; Catull.
Bildfolge von Ute Langanky. Nachw. von
Hans Jürgen Balmes. - Ostfildern : Ed. Tertium, 1997
Enth.: Gedichte / Thomas Kling. Carmina / Catull
ISBN 3-930717-54-9

Gestaltung
Burkhard Finken, Matthias Bumiller
Finken & Bumiller, Stuttgart

Herstellung
Druckerei Wagner, Nördlingen